D1173182

Busca
Fieras®

Un agradecimiento especial a Cherith Baldy

A Miroslav Torak con mis mejores deseos.

DESTINO INFANTIL Y JUVENIL, 2013
infoinfantilyjuvenil@planeta.es
www.planetadelibrosinfantilyjuvenil.com
www.planetadelibros.com
Editado por Editorial Planeta, S. A.

Título original: *Nixa. The Death-Bringer*

Avda. Diagonal, 662-664, 08034 Barcelona
Primera edición: febrero de 2013
ISBN: 978-84-08-03798-9
Depósito legal: B. 78-2013
Impreso por Liberdúplex
Impreso en España – Printed in Spain

El papel utilizado para la impresión de este libro es cien por cien libre de cloro y está calificado como **papel ecológico**.

NIXA
LA VOZ DE LA MUERTE

ADAM BLADE

Avantia
VOLC
STONEWI
PALACIO
DEL REY
HUGO
LA CIUDAD
EL VALLE
FRONDOSO
ERRINE
EL RÍO SINUOSO
EL VALLE DE L

La Tierra Prohibida

EL VALLE DE LA MUERTE

LA JUNGLA DE
LA MUERTE

EL BOSQUE OSCURO

UERTE

LOS PICOS DE LA MUERTE

¡Salve, seguidores y compañeros en la Búsqueda!

Todavía no nos conocemos, pero al igual que tú, he estado siguiendo de cerca las aventuras de Tom. ¿Sabes quién soy? ¿Has oído hablar de Taladón el Rápido, Maestro de las Fieras? He regresado justo a tiempo para que mi hijo, Tom, me salve de un destino peor que la muerte. El perverso brujo Malvel me ha robado algo muy valioso, y sólo podré regresar a la vida si Tom consigue completar una nueva Búsqueda. Mientras tanto, debo esperar entre dos mundos: el humano y el fantasma. Soy la mitad del hombre que era, y sólo Tom puede devolverme a mi antigua gloria.

¿Tendrá Tom el valor necesario para ayudar a su padre? Esta nueva Búsqueda es un reto incluso para el héroe más valiente. Además, para que mi hijo venza a las seis nuevas Fieras, puede que tenga que pagar un precio muy alto.

Lo único que puedo hacer es esperar a que Tom triunfe y me permita recuperar todas mis fuerzas algún día. ¿Quieres ayudar con tu energía y desearle suerte a Tom? Sé que puedo contar con mi hijo, ¿y contigo? No podemos perder ni un instante. Esta misión tiene que seguir adelante y hay mucho en juego.

Todos debemos ser valientes.
Taladón

PRÓLOGO

El granjero Gretlin estaba en un extremo de su campo de trigo. Hacía dos días, el trigo le llegaba a la cintura y brillaba bajo el sol dorado. Ahora era de color gris oscuro, casi negro, y despedía un olor a moho y humedad.

—Esto es peor que cuando las cosechas se quemaron con el fuego —murmuró Gretlin para sus adentros—. ¿Estará Errinel en peligro una vez más?

El granjero se adentró en el trigal, apartando los tallos muertos. Buscaba desesperadamente algún lugar que todavía no hubiera sufrido esos horribles daños. El otro lado del trigal seguía dorado, pero casi toda la cosecha se había echado a perder.

Los fuertes rayos del sol de la mañana caían sobre el campo y deslumbraban a Gretlin cuando éste encontró algo en el suelo. El granjero se protegió los ojos con la mano y vio un pequeño objeto metálico y extraño que estaba medio enterrado en el suelo.

Al agacharse para cogerlo, los tallos de trigo se inclinaron hacia el granjero a pesar de que no había viento, se doblaron y se abalanzaron hacia él como si fueran cientos de brazos que intentaban sujetarlo.

Confundido, Gretlin se alejó del objeto metálico. El trigo siseó y lo golpeó.

—¡Está vivo! —balbuceó el granjero, y salió huyendo.

Intentó llegar al otro lado del campo, abriéndose paso entre los tallos de trigo que se retorcían. De pronto oyó una voz en el aire y se detuvo. Se tapó los oídos con las manos; el sonido se le clavaba en los tímpanos como una cuchilla.

Gretlin intentaba averiguar de dónde llegaba la voz cuando vio a una mujer al otro lado del trigal, donde la cosecha seguía alta y crecía con fuerza. Era muy delgada y tenía el cabello largo y dorado; llevaba una túnica de seda escarlata que flotaba a su alrededor mientras avanzaba hacia el granjero. Iba soltando puñados de un polvo brillante sobre el trigo, y allí donde caían, los tallos dorados se marchitaban y se ponían grises. A sus pies yacían los cuerpos sin vida de la gente del pueblo.

—¡Oye! —gritó Gretlin—. ¡Detente! —Enojado, empezó a correr hacia la mujer, moviendo las manos por encima de la cabeza—. ¡Aléjate de mi trigo!

La mujer se deslizó hacia él; sus pies apenas rozaban el suelo. Estiró el brazo. Un extraño objeto plateado con una franja de esmalte azul descansaba en la palma de su mano. Se parecía al objeto que había visto Gretlin medio enterrado en el suelo.

Entrecerró los ojos para protegerse de la luz del sol y se dio cuenta de que era un fragmento de algo mucho más grande. Vislumbró unas pequeñas marcas en un lado. Entonces se quedó boquiabierto al descubrir que el trozo de metal no descansaba sobre la mano de la mujer, ¡estaba flotando por encima!

—¿Quién eres? —preguntó Gretlin con la voz enronquecida por el miedo. ¡Definitivamente no podía ser humana!

—Me llamo *Nixa*. —Ahora la voz de la mujer era dulce y suave.

Pero mientras hablaba, el cielo brillante de la mañana empezó a adquirir una amenazante tonalidad morada. Las nubes taparon el sol. El color morado pasó a ser negro.

—¿Qué está pasando? —preguntó Gretlin.

El aire vibró y se oyó un gran trueno. La mujer empezó a cambiar ante los ojos del aterrorizado granjero. Sus brazos se dividieron y se convirtieron en una masa de tentáculos que se movían sin parar. Sus ojos se transformaron en un racimo

de esferas brillantes y saltonas. Su túnica escarlata se disolvió y su cuerpo se llenó de miles de arrugas. Emanaba una sustancia pegajosa verde que caía al suelo. Gretlin se paralizó con el hedor que lo rodeaba.

—Me llamo *Nixa* —repitió el monstruo. Su voz seguía sonando como una melodía hermosa de campanas, pero se le clavaba a Gretlin en los oídos igual que un cuchillo. Gretlin se llevó las manos a la cabeza y notó que un chorro de sangre le caía entre los dedos.

El granjero gritó mientras la masa de tentáculos se acercaba a él.

CAPÍTULO UNO

EL PADRE REGRESA

—¡Ciento cincuenta y uno! ¡Ciento cincuenta y dos! —La voz del capitán Harkman retumbaba en el patio de entrenamiento.

Tom gruñía mientras doblaba los brazos para hacer otra flexión. Se iba a morir de aburrimiento si antes no se derretía con el ardiente sol de Avantia y se convertía en un charco.

Recordó cómo había vuelto de Gorgonia hacía unas semanas, justo después de terminar su última Búsqueda, en la que había vencido al despiadado brujo Malvel por tercera vez.

—Avantia está en deuda contigo —le había dicho el rey Hugo—. Tom, puedes elegir cualquier cargo que quieras tener en mi corte. Pide y será tuyo.

—Gracias, mi señor —había contestado Tom—. Me gustaría ser un soldado de su ejército.

Pensó que sería divertido y de paso una buena manera de seguir ayudando a Avantia.

«Pero estaba equivocado», suspiró para sus adentros. ¿De qué servía dedicarse todo el día a hacer flexiones cuando tenía poderes mágicos que el cadete oficial, el capitán Harkman, ni siquiera podía soñar?

—Cometí un grave error —murmuró Tom para sí mismo mientras sus brazos subían y bajaban—. Ojalá pudiera hacer algo más, participar en una nueva Búsqueda...

Echó un vistazo al otro lado del patio, donde su amiga, Elena, estaba enseñando a tirar con el arco a los cadetes más jóvenes. Vio cómo ayudaba a un niño a poner los dedos en la cuerda del arco y cómo en su cara se dibujó una gran sonrisa cuando la flecha dio en el blanco.

Tom oyó unas fuertes pisadas. Los pies del capitán Harkman se detuvieron a su lado; daba golpecitos con su látigo en sus brillantes botas de montar.

—¿Otra vez rascándote la barriga? —gruñó el capitán Harkman. Se agachó hasta Tom para que el chico pudiera ver su cara roja y sudorosa y su cabello de color zanahoria—. Eres igual que tu padre. Él también se rascaba la barriga.

Tom sintió que la rabia se apoderaba de él. Apretó los dientes con fuerza para controlarse.

—Taladón entrenó aquí una vez, cuando era joven —continuó el capitán enderezándose—. Me alegro mucho de haber podido ver el lado que nadie había visto. Era un vago y arrogante. Era...

Tom oyó el ruido de una flecha cortando el aire. El capitán se agachó y salió rodando, y la flecha pasó rozándole la cabeza.

—¡¿Quién ha disparado esa flecha?! —gritó poniéndose de pie.

Elena se acercó corriendo con el arco en la mano y se detuvo delante del capitán.

—Lo siento —dijo—. Ha sido uno de mis cadetes. Todavía no se le da muy bien el tiro al arco.

Tom disimuló una sonrisa. Sabía perfectamente que había sido su amiga la que había disparado la flecha. El hecho de no estar en una misión no quería decir que Elena y él no se protegieran el uno a la otra.

Se oyó una voz desde los jardines del palacio.

—¡Ha vuelto! ¡Taladón el Rápido ha vuelto!

Tom se quedó helado. «¿Taladón? ¿Mi padre?»

Sin aliento, se incorporó y salió disparado, abriéndose paso entre sus compañeros cadetes, hacia el arco de piedra que separaba el patio de entrenamiento de los jardines.

—¡Eh, tú! ¡Vuelve!

Tom ignoró los gritos del capitán Harkman. No le importaba que éste lo castigara si por fin iba a poder ver a su padre.

Oyó unos pasos suaves por detrás. Sabía de quién eran: Elena.

El chico atravesó rápidamente el arco de piedra y vio a uno de los mensajeros del rey que iba corriendo por los jardines.

—¡Está aquí! —gritaba—. ¡Taladón ha vuelto!

Tom subió de tres en tres los escalones que daban a la parte principal del palacio. Los guardas que vigilaban las puertas abiertas lo dejaron pasar. Tom siguió corriendo por el largo pasillo hasta llegar a la sala del trono del rey Hugo.

«Mi padre se fue cuando yo era un bebé

—pensó—. ¿Estaré preparado para verlo ahora?»

Dobló la esquina a toda velocidad y se detuvo. Las puertas que daban a la sala del trono estaban abiertas y vio a un hombre que las estaba cruzando. La luz del sol que se colaba por una ventana perfilaba sus anchos hombros y su larga túnica negra. Daba grandes zancadas con confianza y la cabeza bien alta.

—¡Padre! —Tom corrió hacia él, pero parecía que el hombre no lo había oído: siguió andando sin mirar hacia atrás y los guardas cerraron las puertas detrás de él.

—¿Padre? —repitió Tom cuando se quedó solo en el pasillo.

CAPÍTULO DOS

¿HOMBRE O FANTASMA?

—¿Era Taladón? —dijo Elena jadeando cuando llegó a donde estaba Tom, fuera de la sala del trono.

—No estoy seguro... —A Tom le latía el corazón con fuerza después de haber visto a aquel hombre.

—Sólo hay una manera de averiguarlo —dijo su amiga llamando a la puerta de la sala del trono.

Los guardas abrieron la puerta y Tom se metió dentro con Elena.

En la sala estaba el rey Hugo sentado en su trono acompañado de Aduro, el buen brujo de Avantia, que permanecía de pie a su lado. Pero no parecían tan contentos como Tom habría esperado. El brujo estaba pálido y el rey Hugo tenía los ojos muy abiertos y se sujetaba a los brazos del trono con tanta fuerza que tenía los nudillos blancos. Los cortesanos que había alrededor del rey susurraban inquietos.

Una sensación de miedo se apoderó de Tom. Se detuvo en seco. La persona que había visto en el pasillo estaba arrodillada frente al rey Hugo.

—¿Padre? —preguntó Tom.

El hombre se puso de pie y se dio la vuelta. Era alto y tenía una mata de pelo oscuro, una barba castaña y rizada y los ojos marrones y hundidos. Llevaba una túnica llena de manchas y unas polainas cubiertas por una capa negra y polvorienta.

—Se nota que es tu padre —susurró Elena—. Es igual que tú pero en mayor.

El hombre se quedó mirando fijamente a Tom, quien no podía apartar la vista. Pensaba que iba a sentir un montón de emociones, pero no sentía nada. «¿Debería estar contento de ver a mi padre?», pensó. No se había imaginado que su primer encuentro iba a ser así.

Taladón sonrió.

—Hijo mío —dijo. Su voz sonaba quebrada, como si no hubiera hablado en mucho tiempo.

Elena le dio un empujoncito a Tom.

—¡Acércate!

Aturdido, el chico avanzó para darle un abrazo a su padre. Pero al intentar rodear a Taladón con sus brazos, lo atravesó como si su padre fuera tan sólido como una nube.

Los cortesanos del rey exclamaron asombrados, y Tom oyó que Elena reprimía un grito. El brujo Aduro le susurró algo al rey Hugo y éste les hizo un gesto con la mano a sus cortesanos.

—Dejadnos —ordenó—. Salid todos, excepto Aduro, Tom y Elena.

Los cortesanos y los guardas salieron de la sala mirando nerviosamente a Tom y a su padre. El muchacho retrocedió un paso. Un escalofrío helado le recorrió el cuerpo. Taladón lo miraba con ojos llenos de amor y tristeza.

—¿Qué ha pasado? —preguntó Tom—. ¿Eres un fantasma? ¿Estás muerto?

Aduro atravesó la sala del trono para cerrar las puertas detrás de los últimos cortesanos. Al volver junto al rey, se detuvo cerca de Taladón. Levantó una mano y una neblina brillante salió de entre sus dedos y envolvió a Taladón con sus lazos plateados. Después la neblina regresó al brujo Aduro y desapareció.

El brujo ladeó la cabeza como si estuviera escuchando.

—Taladón está vivo —dijo por fin—, pero se encuentra atrapado entre el mundo real y el de los espíritus. Taladón, ¿tie-

ne esto algo que ver con las Fieras Fantasma?

El aludido asintió.

—¿Fieras fantasma? —Tom estaba más confundido que nunca—. ¿Qué es eso? Nunca había oído hablar de ellas.

—Siéntate, Tom. —Taladón señaló un banco que había al pie de los escalones que conducían al trono—. Aduro y yo te lo contaremos todo.

Tom se acercó al banco y se sentó. Elena cogió un taburete y lo hizo a su lado. El chico se alegraba de que su amiga estuviera allí.

El brujo Aduro movió su varita en el aire. Un fuego blanco salió de la varita y formó un círculo en medio de la sala del trono.

—No apartéis los ojos de la visión —les indicó Aduro a Tom y a Elena—. Os mostrará lo que le ha pasado a Taladón.

—¿De dónde han salido las Fieras Fantasma? —preguntó Elena—. Pensé que habíamos destruido todas las Fieras de Gorgonia.

—Todavía no habéis conocido a las Fieras más espeluznantes de Malvel. No están en Gorgonia —dijo el brujo Aduro solemnemente—. Viven aquí, en los rincones más oscuros de Avantia.

—¿Aquí? —exclamó Tom con un nudo en el estómago.

El rey Hugo asintió con una mirada de preocupación.

—Esperaba que nunca más ocasionaran problemas en Avantia —murmuró—. Por eso nunca te hablamos de ellas, Tom.

—Las Fieras Fantasma viven en la Tierra Prohibida —continuó Aduro.

Tom y Elena intercambiaron una mirada de asombro.

—¿Qué es la Tierra Prohibida? —preguntó Elena—. Nunca había oído hablar de ella.

—Muy pocas personas de Avantia la conocen —dijo Aduro—. Está rodeada por un muro para que no entre nadie. Es un lugar muy peligroso.

—¿Porque allí viven las Fieras Fantasma? —preguntó Tom.

—Sí —dijo el brujo—. Se esconden entre las sombras y la penumbra. Ningún

hombre normal puede tocarlas, y son capaces de causar la mayor destrucción que te puedas imaginar. En su forma fantasmal pueden hacer cosas que una Fiera normal se pensaría dos veces. —Su voz se hizo más dura y le brillaron los ojos—. Tom, espero que seas valiente. ¡Éstas son las Fieras más peligrosas a las que jamás te has enfrentado!

CAPÍTULO TRES

UNA NUEVA MISIÓN

Tom sintió una punzada de emoción. ¿Sería el principio de una nueva Búsqueda?

Taladón alargó la mano hacia la imagen mágica. El fuego plateado se desvaneció y Tom vio la imagen de una colina rocosa. Allí se encontraba un caballero armado, con la espada en la mano. El muchacho reconoció la armadura dorada del Maestro de las Fieras.

El caballero levantó la espada sobre su

cabeza, listo para atacar a una bella mujer de cabellos dorados que vestía una túnica escarlata.

—¿Eres tú? —le preguntó Tom a su padre confundido—. ¿Vas a luchar con una persona que no está armada?

—Sigue mirando —dijo Taladón.

El caballero le clavó su arma, pero la espada atravesó el cuerpo de la mujer, igual que los brazos de Tom habían atravesado a Taladón. En ese momento, la mujer empezó a cambiar. Sus brazos se convirtieron en tentáculos y en su bella cara aparecieron miles de arrugas y unos ojos diabólicos.

Elena se quedó sin respiración.

—¿Es ésa una Fiera Fantasma?

Taladón asintió.

—Ésa es *Nixa,* la voz de la muerte. Es una Fiera despiadada que puede adquirir la forma que quiera. Pero su voz es siempre muy dulce.

Tom tembló. La idea de que *Nixa* tuviera una voz dulce la hacía parecer más perversa todavía.

En la visión, Taladón y la mujer se estaban peleando. El monstruo rodeó con sus tentáculos el cuerpo armado del caballero.

—¿Fue *Nixa* la que te dejó atrapado entre la vida y la muerte? —preguntó Tom.

Taladón negó con la cabeza.

—Aduro me había entregado el valioso Amuleto de Avantia —contestó.

—¿Qué es eso? —preguntó Elena con curiosidad.

—Es un disco azul y plateado que tiene unos símbolos muy poderosos grabados en su superficie —contestó Aduro tocándose la barba—. Lo fabriqué para proteger al Maestro de las Fieras Fantasma.

—Y me ayudó mucho, hasta que... —Taladón estiró el brazo y la imagen del caballero y el monstruo luchando se desvaneció. La visión mágica quedó oscurecida por una nube negra que daba vueltas. Después la nube desapareció y empezó a formarse una imagen humana que les resultaba familiar. Tom reconoció su túnica negra, las facciones crueles y los ojos hundidos que brillaban con maldad. Una risa burlona resonó en la oscuridad.

—¡Malvel! —exclamó el muchacho, poniéndose de pie mientras le invadía un sentimiento de odio—. ¡Fue Malvel quien te dejó atrapado!

—Así es. —Taladón entrecerró los ojos y su boca se convirtió en una línea dura. Tom sabía que su padre compartía el mismo sentimiento de odio—. Vencí a cinco de las seis Fieras Fantasma: *Nixa,* la voz de la muerte; *Equinus,* el espíritu del caballo; *Rashouk,* el gnomo de la cueva; *Luna,* la loba de la luna, y *Blaze,* el dragón de hielo.

—¿Y qué pasó con la sexta? —preguntó Elena. En su voz había un tono de admiración al oír los nombres de las diabólicas Fieras que Taladón había vencido.

—La sexta es *Sigilo*, la pantera fantasma. —Taladón empezó a dar vueltas por la sala, se volvió rápidamente y señaló una vez más la imagen mágica.

Tom se sentó de nuevo para observarla. La imagen de Malvel se desvaneció y apareció la colina rocosa. En la cima más alta, había una pantera de tres colas con el cuerpo largo y estilizado. Tenía los ojos verdes como el jade.

Mientras Tom la miraba con una mezcla de horror y fascinación, la Fiera Fantasma saltó en el aire y tapó el cielo con su cuerpo musculoso. Parecía más diabólica que cualquier otra Fiera a la que él se hubiera enfrentado.

—¿Luchaste contra eso? —exclamó

Tom volviendo a mirar a su padre. ¡Taladón debía de ser la persona más valiente del mundo!

Su padre asintió. La imagen mágica se hizo borrosa y apareció una nueva. Ahora Tom veía a la Pantera Fantasma cernida sobre la cresta de la colina, mientras Taladón, que seguía llevando la armadura dorada, blandía su espada contra sus garras abiertas y se agachaba para esquivar los colmillos de la Fiera. Por primera vez, el muchacho se dio cuenta de que su padre llevaba el disco plateado colgado al cuello con una cadena. En el centro del disco había un círculo azul brillante.

En el cielo apareció un rayo de luz negra. Le dio a Taladón en el pecho y éste retrocedió mientras el amuleto plateado se rompía en varios trozos que salieron rodando.

Tom ahogó un grito al ver a *Sigilo* lan-

zarse hacia su padre. ¡Pero las peligrosas garras de la Fiera atravesaron el cuerpo de Taladón!

—¡El rayo te convirtió en un fantasma! —exclamó el chico.

—Fue un rayo enviado por Malvel —contestó Taladón—. Cuando me dio, Malvel me hizo prisionero de su magia durante mucho tiempo. Más de lo que puedo recordar.

La imagen mágica les mostró a Tom y a Elena una esfera gris que ascendía y soltaba destellos negros brillantes. Ahora, Taladón no llevaba la armadura y flotaba en medio incapaz de hacer nada.

—¿Qué está pasando ahí? —preguntó Elena.

Taladón señaló la imagen y la nube se desvaneció. Su cuerpo se cayó al suelo; parecía estar en medio de una llanura bajo un amenazante cielo morado.

—¡Eso es Gorgonia! —dijo Elena mirando a Tom.

Taladón asintió.

—De pronto, me encontré libre. Empecé a andar por la llanura hasta que vi un arco brillante que conducía a Avantia. Conseguí escapar de Malvel y llegar hasta aquí, pero todavía no sé por qué.

Aduro, que había permanecido de pie al lado del trono del rey mientras escuchaba la historia, dio unos pasos al frente y golpeó el suelo con su bastón.

—Fue justo en ese momento cuando Tom venció a Malvel por tercera vez —explicó—. Cualquier tipo de magia, ya sea buena o mala, se debilita si ha sido vencida tres veces. Tu hijo te liberó, Taladón.

Éste miró a Tom con una expresión de gratitud.

—Gracias —dijo en voz baja.

Tom se sintió muy orgulloso, pero un momento más tarde volvió a experimentar la rabia de antes. Entonces apretó los puños.

—¡Voy a hacer que Malvel pague por lo que te ha hecho!

Taladón seguía confundido y se volvió hacia el brujo Aduro.

—Todavía no entiendo lo que me ha hecho Malvel. ¿Por qué soy un fantasma?

—¿Y se va a quedar así para siempre? —añadió ansiosa Elena.

—El rayo negro seguramente te despojó de todos tus poderes y te atrapó entre los dos mundos —dijo Aduro pensativo—. Pero si conseguimos encontrar todos los trozos del amuleto y unirlos de nuevo, podrás volver a ser el mismo de antes.

Tom y Elena se incorporaron de un salto.

—¡Entonces vamos a buscar esos trozos! —exclamó el muchacho.

El brujo Aduro miró a Tom, a Elena y después otra vez a Tom. Una leve sonrisa se dibujó en su cara.

—Los dos tenéis mucho valor —dijo—, pero no es tan sencillo. El amuleto se rompió en seis pedazos y a cada uno de ellos lo protege una Fiera Fantasma. Sólo podréis ayudar al padre de Tom si conseguís vencer a todas esas Fieras y así juntar los trozos rotos del amuleto. Recordad, las Fieras van a hacer todo lo posible para que no lo consigáis y puede que escondan las piezas. Ésta sería vuestra Búsqueda más difícil.

A Tom se le encogió el estómago al pensar en las dos Fieras Fantasma que había visto en la imagen mágica y recordar las otras que había mencionado Taladón. Aunque tuviera poderes mágicos, ¿sería capaz de vencer a esas diabólicas criaturas?

Pero no lo dudó. Salvar a Taladón era mucho más importante que cualquier otra cosa. Había esperado demasiado tiempo a que volviera su padre y no pensaba permitir que siguiera tan lejos.

—Vamos a emprender nuestra siguiente Búsqueda —dijo con firmeza.

El brujo Aduro y el rey Hugo intercambiaron una sonrisa.

Elena se puso al lado de Tom con una mirada de determinación en la cara.

—Sólo dinos adónde tenemos que dirigirnos —dijo.

—Muy bien. —El brujo Aduro inclinó la cabeza—. Los dos campeones de Avantia saldrán mañana a primera hora.

Tom sintió una gran emoción por todo

el cuerpo. Taladón había vuelto, en cierto modo, y se encontraba ante un nuevo reto.

«Esta Búsqueda me ofrecerá la mayor recompensa que jamás me hayan dado —pensó—. El regreso de mi padre.»

CAPÍTULO CUATRO

CERCA DE CASA

Tom llevaba a *Tormenta* por las riendas mientras atravesaba el patio de entrenamiento para salir del palacio. Tenía la espada colgando de su cinturón con joyas y el escudo atado a la montura de *Tormenta*. Los cascos del caballo de Tom repicaban impacientemente en los adoquines.

—Creo que *Tormenta* está tan ansioso por empezar la nueva misión como nosotros —dijo Tom.

Tormenta resopló ruidosamente por la nariz como si estuviera de acuerdo.

Plata, el lobo gris de Elena, marchaba al lado de su dueña, moviendo la cola alegremente.

—Tú también estás listo, ¿verdad, muchacho? —le preguntó Elena acariciándole la cabeza—. Nos ayudarás a vencer a las Fieras Fantasma.

—¡Levantad esos pies! —El grito del capitán Harkman hizo que Tom se diera la vuelta—. ¿Y vosotros os llamáis soldados?

Los jóvenes cadetes con los que había entrenado Tom corrían por el patio con las mochilas en la espalda. Todos parecían agotados y tenían la cara empapada de sudor.

—Verlos me da remordimientos —murmuró Tom con un sentimiento de culpabilidad—. Se supone que debería estar con ellos.

—Ya no —dijo Elena con una sonrisa.

Tom se dirigió a las puertas.

—¡Eh, tú! ¡Detente! —El capitán Harkman cruzó el patio dando grandes zancadas y moviendo su látigo. Tenía la cara roja y los pelos del bigote pelirrojo en punta—. ¿Adónde vas? —exigió—. ¿Por qué no te has presentado al entrenamiento esta mañana?

—El rey me ha encomendado una misión importante —explicó Tom.

El capitán se rió.

—No me mientas. ¿Es que crees que nací ayer? ¡Ve ahora mismo a ponerte el uniforme o te pasarás toda la semana barriendo las barracas!

Tom reprimió una sonrisa. Metió la mano en el bolsillo y sacó el pergamino que le había dado el rey Hugo la noche anterior. Se lo dio al capitán Harkman.

—A lo mejor esto se lo explica, señor —dijo amablemente.

Mientras el capitán desenrollaba el pergamino, Tom intercambió una mirada con Elena.

El capitán Harkman echó un vistazo rápido al pergamino. Casi se le salieron los ojos de las órbitas y se puso más rojo que nunca.

—Asunto importante... la libertad del reino... el sello del rey Hugo —balbuceó el hombre.

Con un gruñido, le devolvió de mala manera el pergamino a Tom y salió rápidamente por el patio hacia el grupo de cadetes, que habían aprovechado para tomarse un merecido descanso. Casi todos estaban intentando aguantar la risa.

—¿Qué es lo que tiene tanta gracia? —rugió el capitán Harkman—. ¡Moveos! ¡Diez vueltas más al patio y corriendo!

Tom y Elena siguieron hacia las puertas del palacio. Tom sentía que se le levantaba la moral. Ya no tenía que seguir entrenando con el capitán Harkman. Estaba empezando una nueva Búsqueda de Fieras. Tendría que enfrentarse a grandes retos, pero haría todo lo que estuviera en su mano para recuperar los trozos del amuleto y que Taladón volviera al mundo real.

«Mientras corra la sangre por mis venas —pensó—, ¡salvaré a mi padre!»

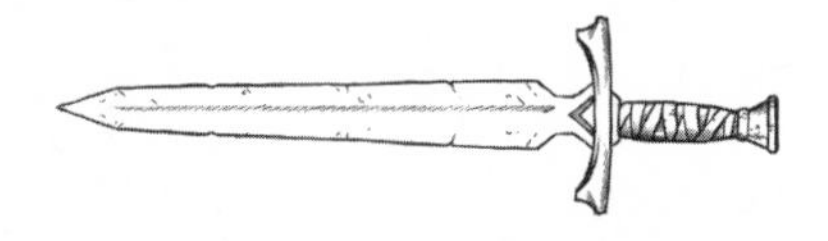

—¿Por dónde vamos? —preguntó Elena. Ella y Tom iban montados en *Tormenta* con *Plata* trotando a su lado. Dejaron atrás las murallas de la ciudad y el camino los llevó por unas colinas verdes redondeadas—. Hasta ayer nunca había oído hablar de la Tierra Prohibida —añadió.

—Yo sí —dijo Tom haciendo que *Tormenta* se detuviera—. Pero no estoy seguro de dónde está, y por eso el brujo Aduro nos dio el mapa. —Alargó una mano—. ¡Mapa! —llamó imperativamente.

Una sonrisa se dibujó en su cara cuando apareció delante de él una mancha plateada y brillante. Se sentía casi como

el brujo Aduro, capaz de crear visiones mágicas en el aire. La pequeña mancha plateada era como la visión que Aduro había conjurado el día anterior para mostrarles la historia de Taladón. Tom alargó la mano para tocarla y la atravesó con los dedos.

—Supongo que esto tiene sentido —murmuró—. Necesitamos un mapa fantasma para encontrar a las Fieras Fantasma.

En la superficie brillante del mapa empezaron a aparecer unas líneas que mostraban el paisaje familiar de Avantia, con sus colinas y ríos, caminos y pueblos. Pero al sur y al este del reino se revelaba una nueva extensión de tierra.

—¡Allí! —exclamó Elena asomándose por encima del hombro de Tom—. Ésa debe de ser la Tierra Prohibida adonde tenemos que ir.

El chico observó que unas letras aparecían encima de la región. Eran pequeñas y estaban muy juntas, de modo que se tuvo que acercar al mapa para verlas mejor.

—El Valle de la Muerte —dijo intentando reprimir un escalofrío—. Ahí es donde seguramente encontraremos a la primera Fiera Fantasma.

Frotó el trozo de herradura que estaba clavado en su escudo. Se lo había dado *Tagus*, el hombre caballo, una de las Fieras buenas de Avantia, y le daba el poder de

la velocidad cuando iba a caballo. Con la ayuda de la herradura, él y Elena atravesaron rápidamente las colinas de Avantia, dejando atrás pueblos y ríos. El sol brillaba y soplaba una brisa fresca.

Cuando el sol empezó a bajar, Tom aminoró la velocidad.

—Buen trabajo, muchacho —le dijo a *Tormenta*, echándose hacia adelante para darle palmaditas en el cuello negro y brillante—. Hoy hemos avanzado mucho.

—¡Sé dónde estamos! —gritó Elena señalando hacia el sur, donde Tom observó el humo que salía de los apiñados tejados de un pueblo—. ¿No es eso de allí Errinel?

Su amigo asintió. No había sido su intención pasar tan cerca de su casa, pero era la ruta más directa a la Tierra Prohibida. Para ver el pueblo más claramente, no pudo resistirse a utilizar su supervista, el poder que le daba el yelmo dorado que había conseguido en una Búsqueda anterior. Se sentía como si fuera un pájaro, volando por encima de la calle principal, hasta que sus ojos descansaron en la forja donde vivían sus tíos.

Vio a su tía María salir de la casa con una cesta en el brazo y bajar corriendo por la calle hacia el mercado. Por la puerta entreabierta Tom pudo ver a su tío Henry, que golpeaba el metal con un martillo.

—¿Quieres ir a visitarlos? —preguntó Elena—. Podríamos pasar la noche en casa de tus tíos.

Durante un momento, Tom estuvo tentado de hacerlo. Su casa tenía un aspecto muy acogedor; podría dormir en su propia cama y comer uno de los deliciosos guisos de su tía María, y lo mejor de todo era que podría volver a ver a su familia.

—No —dijo con un suspiro—. Nos

harían demasiadas preguntas. Es mejor que no nos distraigamos mientras estemos en plena misión. Además, ¿cómo les iba a explicar que mi padre ha vuelto pero que ahora es un fantasma?

Tiró de las riendas y dirigió a *Tormenta* hacia el camino, dando la espalda a Errinel y con la cara mirando al frente, hacia la Tierra Prohibida.

En algún lugar, allí fuera, los esperaba la Fiera Fantasma.

CAPÍTULO CINCO

PARTIDA DOBLE

El camino hacía un bucle alrededor de Errinel para después elevarse gradualmente y meterse entre dos colinas. Una vez pasada la cima, el terreno se volvía mucho más empinado, con zonas de bosques densos a ambos lados del camino.

—Deberíamos acampar pronto —sugirió Elena—. Si quieres, puedo cazar algo para cenar.

—Buena idea —contestó Tom—. Seguramente encontrarás algo entre esos árboles—. Señaló el bosque más cercano.

Elena se bajó del lomo de *Tormenta,* se despidió de *Plata* con una caricia y salió corriendo hacia el bosque. Pronto desapareció entre los árboles.

—¡Voy a buscar un poco de hierba para que coma *Tormenta*! —le gritó Tom.

La muchacha se desvaneció entre los matorrales.

Tom se bajó de *Tormenta* y lo llevó por el camino. Al pasar cerca del bosque vio varios conejos comiendo que, al oír los cascos de *Tormenta,* saltaron y se escondieron entre la maleza.

—Seguro que Elena cazará una buena cena —le dijo a *Plata.*

El lobo gris asintió con un aullido y salió disparado para atrapar su propia comida.

Tom siguió por el camino hasta que llegó a una zona donde se veía un manantial que brotaba entre dos rocas que sobresalían. Alrededor del agua crecía una hierba muy alta.

—Vamos, muchacho —dijo desensillando al caballo para que pastara.

Tom se salpicó la cara con agua del manantial y bebió cogiendo agua entre las manos. Mientras descansaba y observaba cómo pastaba *Tormenta* en la hierba oyó unos pasos que se aproximaban por detrás.

Se volvió y vio a Elena que se acercaba corriendo por el camino. Llevaba el arco y el carcaj con las flechas colgando al hombro, pero Tom no vio ningún conejo. Tenía una expresión seria en la cara y estaba pálida.

El muchacho se levantó.

—¿Qué ocurre? ¿Dónde está la cena?

Elena tiró el arco y las flechas al lado del manantial.

—No he encontrado nada —contestó—. Ni siquiera un conejo.

—Pero yo he visto... —empezó a decir Tom. Se calló al ver la expresión en la cara de su amiga. Era evidente que algo le había pasado para estar así y no quería preocuparla más.

—Tenemos que seguir —contestó Elena.

—Muy bien. —A Tom le rugían las tripas de hambre y el sol ya estaba muy bajo en el horizonte y formaba unas largas sombras con los árboles del camino. No podrían avanzar mucho antes de que oscureciera del todo, pero sabía que Elena debía de tener una buena razón para querer seguir.

«Me lo contará cuando esté preparada», pensó Tom. Sin embargo, no podía ignorar una sensación de inquietud que le recorría la espalda.

—*Plata* está en el bosque —dijo mientras cogía la montura de *Tormenta*—. Si lo llamas, vendrá.

Elena se encogió de hombros.

—Ya nos alcanzará.

El chico miró a su amiga con preocupación. No era normal que a Elena no le importara que su animal de compañía no estuviera con ella.

—Muy bien, entonces vamos hacia el Valle de la Muerte —dijo.

Ensilló a *Tormenta* y lo llevó por el camino. La muchacha recogió su arco y sus flechas y empezó a andar a su lado; pero cuando apenas habían avanzado unos pasos, preguntó:

—¿Qué sabes de la Tierra Prohibida? A mí me parece que es un lugar demasiado peligroso.

Tom notó una punzada de duda. Era muy extraño que Elena admitiera que algo podía ser peligroso.

—Tío Henry nos habló de ese sitio a

mí y a mis amigos en Errinel —empezó a decir mirándola—. Se supone que ninguna persona de Avantia puede entrar en ese lugar. Según las leyendas, antes era un lugar muy bonito y próspero, hasta que las Fieras se fueron a vivir allí.

Elena tembló.

—¡Creo que no quiero ir!

¡Tom no se podía creer que su amiga hubiera dicho eso!

—Tío Henry me dijo que algo muy diabólico había marcado el lugar con el sello de la muerte —continuó—. Ahora está rodeado de una muralla para separarlo de Avantia. Tenemos que...

—¡Tom! ¡Tom!

Una voz que le resultaba familiar lo dejó paralizado. Se dio la vuelta y casi se le para el corazón al ver a Elena corriendo por el camino hacia él.

«¡Pero si Elena está a mi lado!» Se

volvió para ver a la muchacha, que se había detenido igual que él. Después volvió a mirar a la otra Elena. ¡Había dos!

CAPÍTULO SEIS

LA VOZ DE LA MUERTE

Tom desenvainó la espada. En ese momento recordó lo que le había dicho el brujo Aduro: «¡*Nixa*, la voz de la muerte, puede cambiar de forma! Puede adquirir cualquier forma que quiera».

«¡No me puedo creer que haya sido tan tonto! —pensó—. Elena nunca tiene miedo... y siempre consigue cazar algo. ¡Y jamás dejaría a *Plata* detrás!»

—¡Tú no eres Elena! —gritó a la persona que tenía a su lado. Le temblaba la mano al apuntar con su espada a alguien que se parecía tanto a su amiga—. ¡Eres *Nixa,* la voz de la muerte!

—¡No! —La Elena a la que había acusado retrocedió un paso y levantó las manos para protegerse. Tenía los ojos

desorbitados por el terror y la cara retorcida con una expresión horrible—. ¡Te equivocas, Tom! Yo soy la verdadera Elena... ¡Ella es *Nixa*!

—¡Tom! —llamó la otra Elena corriendo más rápido por el camino para llegar hasta ellos—. ¡Acaba con ella ahora! ¡Es *Nixa*!

Tom miró a una y a otra sosteniendo la espada delante de él. La agonía de tener que tomar una decisión hacía que le temblara el pulso. Tenía que enfrentarse a la Fiera, pero no quería arriesgarse a hacerle daño a Elena. Debía estar absolutamente seguro de cuál de las dos era la verdadera.

—No hay manera de estar seguro... —susurró.

La Elena que estaba al lado de Tom dio un paso adelante y agarró a la Elena que se había acercado. La hizo volverse y Tom ya no sabía quién era quién. Las dos iban igual vestidas, tenían el mismo cabello despeinado y la misma mancha de barro en la frente. Las dos llevaban el mismo arco y las mismas flechas.

«¡No sé cuál de ellas es!», gritó una voz en la cabeza de Tom.

En ese momento oyó unos ladridos que llegaban del bosque. *Plata* se acercaba corriendo por la hierba, dando grandes zancadas con sus fuertes patas. Al llegar al camino, se le erizó el pelo del lomo y se lanzó a la Elena que estaba más cerca de Tom.

—¡Qué listo eres! —exclamó el chico—. ¡La Fiera Fantasma no te puede engañar!

La falsa Elena retrocedió mientras *Plata* se lanzaba hacia ella.

—¡Aléjate de mí ahora mismo, animal pulgoso! —gritó.

Su cuerpo tembló y empezó a transformarse en la bella mujer con túnica escarlata que Tom había visto en la visión mágica de Aduro. *Plata* la atravesó y aterrizó en el camino lanzando un aullido de sorpresa.

Tom empuñó su espada y se enfrentó a *Nixa*. Se dio cuenta de que ella podía atacarlo de dos maneras. Cuando era de carne y hueso, era fuerte y la podían herir; sin embargo, cuando era fantasma, nadie la podía tocar.

«Pero tengo que intentarlo», pensó.

Tom blandió la espada con fuerza, demasiada fuerza. La punta se enganchó en una roca y pasó por la superficie de la piedra provocando un fuerte chirrido.

Nixa se estremeció. En su cara se dibujó una expresión de miedo y asco. Tom vio cómo le empezaban a salir babas por todo el cuerpo, se le multiplicaban los ojos y se convertía en el monstruo con tentáculos que había atacado a su padre.

Plata se agachó al lado de la Fiera y empezó a gruñir, mientras *Tormenta* relinchaba de miedo y retrocedía rápidamente.

Nixa se alejó de ellos y salió corriendo por el camino.

—¿Qué está pasando? —preguntó Elena acercándose a Tom—. ¿Qué le ocurre?

—Debe de haber sido el ruido —contestó su amigo observando el lugar donde había estado *Nixa*—. No ha soportado el ruido que mi espada ha producido en la roca. ¡Ahora ya sé cómo vencerla!

Una luz azul brilló detrás de él, haciendo que su sombra y la de Elena se proyectaran hacia adelante.

Tom se volvió. En medio de la resplandeciente luz había un hombre: su padre, Taladón. Todavía tenía un aspecto muy débil y fantasmal.

El chico dio un grito de sorpresa. No esperaba volver a ver a su padre hasta que terminara su misión.

—Tienes suerte de estar vivo —dijo Taladón—. No deberías acercarte tanto a *Nixa*.

—Ha salido corriendo antes de que me pudiera pelear con ella —contestó Tom—. ¿Cómo voy a vencerla si no me puedo acercar?

—*Nixa* tiene una arma que todavía desconoces. Estoy aquí para avisarte: ten mucho cuidado con su voz —le dijo su padre.

—Tú dijiste que tenía una voz muy dulce —dijo Elena frunciendo el ceño—. ¿Cómo puede ser peligrosa?

—Dulce y mortal —dijo Taladón—. Es como una daga de hielo que te atraviesa los tímpanos y el corazón. Muy pocos que la han oído han sobrevivido. Ten cuidado, Tom. Si dejas que *Nixa* se acerque demasiado, usará su voz. Si no hubieras arañado la roca con la espada, ahora estarías muerto. *Nixa* es una Fiera que vive y muere con los sonidos desgarradores.

La voz de Taladón empezó a perderse y la luz azul se hizo más débil.

—¡Espera! —exclamó Tom—. Quería preguntarte si...

Pero Taladón ya había desaparecido.

Tom se volvió a Elena.

—Quería saber cómo consiguió mi padre vencer a *Nixa*.

—Ya se nos ocurrirá algo a nosotros —lo tranquilizó Elena—. Siempre conseguimos salir adelante.

Plata, que había estado agachado en el suelo mientras Taladón hablaba, se levantó, sacudió el cuerpo y salió corriendo hacia Elena. La chica le revolvió el pelo mientras lo abrazaba.

Tom se acercó a *Tormenta* y él le acarició el cuello.

—Vamos, muchacho. Ahora tenemos que encontrar a *Nixa* y conseguir el trozo del amuleto antes de que ocasione más daños.

Se subió a la montura de *Tormenta* y extendió la mano para ayudar a Elena a subir detrás.

—*Nixa* no nos debería causar muchos problemas ahora que sabemos lo que la asusta —dijo Elena mientras una vez más se ponían en camino.

—No estoy tan seguro de eso —dijo Tom. Un pensamiento desagradable le hizo sentir un escalofrío por la espalda—. Es cierto que salió huyendo del ruido, pero ¿qué estaba haciendo aquí? Se supone que las Fieras Fantasma no salen de la Tierra Prohibida; sin embargo, *Nixa* se atrevió a salir y vino a buscarnos en medio de Avantia. ¿A qué más se va a atrever?

CAPÍTULO SIETE

UN POCO DE MAGIA

—¡Mira, allí! —Tom tiró de las riendas de *Tormenta* mientras él y Elena salían de entre unos árboles. Delante de ellos había una muralla alta y gris que se extendía en la distancia y les bloqueaba el camino—. Ésa debe de ser la muralla de la Tierra Prohibida.

—¿Cómo vamos a cruzarla? —preguntó Elena mirando por encima del hombro de Tom—. Es imposible trepar tan alto.

—Tiene que haber alguna manera —dijo su amigo volviendo a poner a *Tormenta* en marcha.

A medida que se acercaban, Tom comprobó que tenía razón. El camino llegaba hasta un arco de piedra que se abría en la muralla. Dos puertas pesadas de madera, tachonadas con clavos de cobre, bloqueaban el camino.

Se bajó del caballo y empujó las puertas. Para su sorpresa, se abrieron con facilidad, y él, Elena y los animales las atravesaron.

Tom volvió a cerrar las puertas y miró a su alrededor. Detrás de él se extendían los ricos campos y frondosos bosques de Avantia, pero al otro lado de la muralla la tierra estaba gris y muerta. No se veía ningún movimiento ni se oía ruido alguno, salvo el silbido del viento. Una neblina gris cubría el cielo.

—No me puedo creer que estemos en Avantia —dijo Elena temblando.

—Esto es en lo que lo han convertido las Fieras Fantasma —dijo el chico apretando los puños. Ahora que veía con sus propios ojos la Tierra Prohibida, estaba más decidido que nunca a acabar con las Fieras. ¡Ninguna parte de Avantia debía estar tan desolada!

El camino seguía hacia adelante y se metía entre unas colinas rocosas. Tom se volvió a subir en *Tormenta* y siguieron avanzando.

—Esta senda debería llevarnos hasta el Valle de la Muerte —dijo, recordando lo que había visto en el mapa mágico del brujo Aduro—. Allí encontraremos a *Nixa*.

Viajaron bajo el cielo gris, que se iba poniendo más oscuro por minutos. Los cascos de *Tormenta* levantaban nubes de polvo que se les metían en los ojos y les hacía toser. *Plata* trotaba a su lado con la cabeza agachada y la lengua fuera.

El camino se hizo muy empinado hasta llegar a una meseta rocosa. Unas extrañas figuras se apiñaban aquí y allá sobre la superficie plana. *Plata* se acercó dando saltos para oler una. Después levantó la cabeza y aulló con tristeza.

—¡Algo no anda bien! —dijo Elena ansiosamente.

Tom guió a *Tormenta* hasta allí. Se quedó horrorizado al ver el cuerpo de un hombre que estaba tumbado boca abajo y tenía los brazos alrededor de la cabeza como si intentara protegerse de algo. No parecía un ciudadano de Avantia. Su piel era gris como la tierra que lo rodeaba.

«Debe de ser un habitante de la Tierra Prohibida», pensó Tom. Aduro no le había mencionado que nadie pudiera sobrevivir allí.

—Creo que está muerto —susurró Elena.

Plata levantó la cabeza y aulló con fuerza mientras *Tormenta* retrocedía y se negaba a acercarse más.

Tom se echó hacia adelante para acariciar el cuello del caballo.

—Tranquilo, muchacho. Tenemos que descubrir qué ha pasado y después nos iremos.

Se bajó de la montura y Elena lo siguió. Al agacharse hasta el cuerpo del hombre, Tom comprobó que Elena tenía razón: estaba muerto.

—*Nixa* debe de andar cerca —murmuró—. No lleva mucho tiempo muerto. Pero ¿qué estaba haciendo aquí? Nadie en Avantia debería entrar en la Tierra Prohibida.

—Mira, aquí hay sangre. —Elena señaló unos charcos oscuros y pegajosos que había a ambos lados de la cabeza del hombre.

—¡Estaba sangrando por las orejas!

—Un escalofrío helado le recorrió la espalda a Tom.

—Seguro que eso se lo hizo *Nixa* con su voz —dijo Elena nerviosa.

Tom miró a su alrededor y comprobó que las otras formas que se veían en el suelo también eran cadáveres cubiertos por una piel gris y polvorienta. Eran como un rastro de cuerpos sin vida que salía de la meseta. A lo mejor eran viajeros que se habían metido por error en esa región.

—Por lo menos no nos resultará difícil seguir los pasos de *Nixa* —dijo Tom, serio.

Se volvieron a montar en *Tormenta* y siguieron el rastro de cuerpos. Parecía que todos los hombres y las mujeres se habían intentado tapar los oídos antes de morir. Todos tenían unos charcos de sangre cerca de la cabeza. También vieron el cadáver de dos perros con las patas estiradas, como si hubieran intentado atacar a *Nixa*.

La horrible imagen enfureció a Tom e hizo que estuviera más convencido que nunca de que tenía que vencer a la Fiera. «Debo detenerla como sea!», pensó.

El rastro de cuerpos los llevó hasta una abertura en la ladera rocosa. Era un túnel que se metía dentro de la colina. El chico vio unos postes de madera que sujetaban el techo.

—Debe de ser una mina abandonada —dijo.

—A lo mejor *Nixa* está ahí dentro —sugirió Elena—. Sería un buen escondite.

—Vamos a comprobarlo. —Tom sacó el mapa—. ¡Mapa!

En cuanto lo llamó, el mapa fantasma brilló delante de Tom. En la visión se formó la imagen de la mina y a *Nixa* sobrevolando por encima.

—Creo que tienes razón —le dijo Tom a Elena haciendo que el mapa desapareciera con un movimiento de su mano—. Está escondida ahí.

El muchacho intentó reprimir un escalofrío.

—Seguro que en la mina hay eco —dijo— y la voz de *Nixa* se va a oír incluso más fuerte. Necesitamos algo para protegernos los oídos.

Elena se bajó de *Tormenta* y se acercó cautelosamente a la entrada de la mina. Tom desmontó e invocó el poder del valor que le daba la cota de malla dorada. Pero a pesar de sus poderes mágicos, no estaba seguro de tener suficiente valor para meterse en la mina donde *Nixa* estaba escondida. Si él y Elena oían la voz de la Fiera Fantasma, morirían con toda seguridad.

—Pero tengo que intentarlo —murmuró para sus adentros—. Mi padre depende de mí.

Avanzó con resolución hacia la entrada de la mina. Pero antes de que pudiera dar un paso más, una luz azul apareció entre él y la gruta oscura. Esta vez adquirió la forma del brujo Aduro.

—Bien hecho, Tom. —La voz del brujo sonaba claramente dentro de la cabeza de Tom—. Nadie en Avantia dudará de tu valor. Pero un poco de magia no hace daño a nadie.

Levantó la mano y una luz azul salió de la punta de sus dedos. Se convirtió en unos tentáculos que tocaron las orejas de Tom y Elena.

El chico observó que su amiga movía los labios, ¡pero no la oía!

—He hecho un pequeño truco de magia con vuestros oídos —explicó la voz de Aduro que sonaba dentro de la cabeza de Tom—. Os protegerá durante un tiempo, pero en el interior de la mina mi magia no es tan fuerte. Se irá debilitando cuando estéis dentro. No te-

néis mucho tiempo. Debéis daros prisa.

Tom y Elena intercambiaron una mirada y asintieron vigorosamente.

—¡Buena suerte! —dijo Aduro mientras la luz azul se desvanecía.

Cuando el brujo desapareció, Tom se acercó a *Tormenta* y desató el escudo que había atado a su montura.

—Espérame aquí. —Le resultaba raro

hablar y no oír el sonido de su propia voz—. Volveré pronto.

Elena se agachó junto a su lobo y le acarició el grueso pelaje del cuello. Tom no oía lo que le decía, pero un momento más tarde, su amiga se levantó y señaló con la mano la entrada de la mina.

Tom desenvainó su espada y se abrió camino en la oscuridad.

CAPÍTULO OCHO

EN EL INTERIOR DE LA CUEVA

La luz de la entrada se fue apagando a medida que Tom y Elena avanzaban cautelosamente por el túnel. Tom no podía ver nada. Se guiaba tocando la pared con la mano que tenía libre. Notaba que Elena estaba a su lado y apoyaba la mano en su hombro.

No habían llegado muy lejos cuando el muchacho notó un cosquilleo en los pies y en la mano con la que tocaba la pared del túnel. ¡Las paredes y el suelo estaban vibrando!

—*Nixa* debe de estar usando su voz contra nosotros —dijo sin recordar que Elena no lo podía oír. «Pero no le va a servir de nada —pensó—. Somos mucho más listos que ella!»

Por fin, Tom consiguió ver el túnel que se extendía frente a él. Una luz débil entraba por algún sitio un poco más adelante. Mientras él y Elena avanzaban, la luz se hacía más fuerte, hasta que llegaron a un amplio espacio abierto. Unos finos haces de luz se colaban entre los agujeros y las grietas de la cueva.

Del techo colgaban estalactitas y del suelo salían estalagmitas. Tom pensó que parecían dientes inmensos y afilados.

Elena le dio un fuerte golpe a su amigo en la espalda y señaló al otro lado de la cueva. El chico se puso en posición de alerta al ver una criatura monstruosa que avanzaba entre las estalagmitas. Reconoció sus tentáculos retorcidos y las babas que le caían por la piel.

¡Nixa!

Tom veía que la Fiera Fantasma movía la boca. Sabía que estaba intentando usar su voz asesina, pero no oía nada.

Con Elena justo detrás de él, avanzaron entre las estalagmitas, tratando de mantenerse escondidos para acercarse a la Fiera.

Pero *Nixa* los vio. Sus ojos brillaban de rabia.

«Sabe que no la podemos oír», pensó Tom.

Nixa abrió su inmensa boca como si estuviera lanzando un chillido. Un potente viento entró en la cueva. Tom y Elena se agarraron a la estalagmita que tenían más cerca para no salir volando.

El viento rompía trozos de estalactitas y estalagmitas y los mandaba volando hacia los chicos. Tom agarró a su amiga y se agacharon detrás de una estalagmita.

—¡Cobarde! —gritó. Él no oía su voz, pero sabía que *Nixa* sí la oiría—. ¡Acércate a luchar conmigo!

Tom consiguió sacar el escudo justo a tiempo para protegerse de un trozo de roca que iba volando hacia él. «Qué raro —pensó. Sentía el impacto de las rocas al chocar contra su escudo y rebotar, y veía cómo se caían al suelo de la cueva, pero no oía nada—. Es como un sueño, como si no estuviera sucediendo de verdad.»

Mientras seguía agachado, Tom notó que las vibraciones del suelo de la cueva y de las estalagmitas se hacían más fuertes.

«Eso quiere decir que *Nixa* está hablando más fuerte o que la magia de Aduro empieza a debilitarse», pensó.

Sabía que no tenía tiempo que perder. Se levantó de un salto y se lanzó hacia *Nixa* levantando la espada por encima de la cabeza.

Justo cuando llegó al monstruo, *Nixa* cambió inmediatamente de forma. Se convirtió en la bella mujer con la túnica escarlata. Pero Tom no se inmutó.

—¡Por Avantia! —gritó aunque no po-

día oír su propia voz. Le clavó la espada a *Nixa* con todas sus fuerzas, pero su arma la atravesó, igual que había atravesado con sus brazos el cuerpo de Taladón en el palacio. *Nixa* había adquirido su forma fantasma.

Tom apretó los dientes con rabia.

«Tengo que ser más listo que ella», pensó.

Dio media vuelta. *Nixa* se puso delante de él y se empezó a reír, echando la cabeza hacia atrás. En una mano llevaba una pieza plateada con el centro azul de esmalte.

El muchacho se puso en tensión al darse cuenta de que era el Amuleto de Avantia. Si conseguía recuperarlo, estaría un paso más cerca de salvar a su padre.

«¡Mientras la sangre corra por mis venas, no pienso fracasar!», prometió.

CAPÍTULO NUEVE

EL PODER DE LA ESPADA

Tom recordó cómo *Nixa* había salido huyendo cuando su espada rozó la roca del camino.

«¡Eso es! —pensó—. ¡Tengo que usar el sonido para vencerla!»

Salió corriendo hacia la pared de la cueva y empezó a arañar la roca con la espada. Aunque no lo oía, veía cómo salían chispas y trozos de roca disparados por todas partes.

En la hermosa cara de *Nixa* se dibujó

una expresión de horror. Tenía la boca abierta y las vibraciones de sus gritos se le clavaban a Tom en los oídos.

No les quedaba mucho tiempo. La protección mágica de Aduro se estaba desvaneciendo.

Se acercó a *Nixa* para enfrentarse de nuevo a ella. La Fiera Fantasma tenía los ojos abiertos y llenos de miedo y se lanzó hacia Tom, pero lo atravesó y siguió por el túnel por donde habían entrado los dos amigos.

«¡No podemos dejar que se escape!», pensó Tom y salió detrás de ella.

Elena se apartó del camino de *Nixa*. Cogió una de sus flechas y empezó a frotarla contra una estalagmita.

—¡Bien hecho, Elena! —gritó el chico.

Su amiga parecía alarmada, como si hubiera oído algo. Pero en esos momentos, él no podía preocuparse porque la magia se estuviera debilitando. Al oír el ruido de la flecha de Elena, *Nixa* volvió a dar media vuelta en dirección a Tom.

Éste arrastró la espada por el suelo rocoso de la cueva haciendo que *Nixa* se detuviera una vez más. Atrapada entre Tom y Elena, la Fiera empezaba a sentir pánico. Tenía la boca abierta y no dejaba de gritar.

«Esto no funciona —pensó Tom mientras arrastraba la espada una vez más—. *Nixa* no puede escapar, pero así no acabaré con ella.»

Las vibraciones del suelo de la cueva se hacían cada vez más fuertes y a Tom le resultaba difícil mantener el equilibrio. Los oídos le zumbaban y le dolían. Al otro lado de la cueva vio que Elena movía la cabeza dolorosamente. Ella también lo sentía. La magia del brujo Aduro estaba desapareciendo y pronto se verían obligados a oír la voz asesina de *Nixa*.

—¡Tengo que hacer algo! —exclamó el muchacho en voz alta, intentando acallar los gritos de *Nixa*—. ¡Ahora o nunca!

Tom invocó el poder de sus escarpines mágicos y saltó hacia *Nixa*. Volvió a recuperar la confianza en sí mismo al sentir que la armadura dorada mágica lo ayudaba a saltar por los aires. Al caer, arañó una vez más la pared de la cueva con la espada, haciendo un chirrido ensordecedor. La Fiera Fantasma retrocedió al oír el ruido, pero Tom consiguió aterrizar justo a su lado, atravesando los pliegues de su túnica escarlata con la fuerza de su aterrizaje.

Intentó quitarle la pieza del amuleto. *Nixa* apartó la mano y el chico lo intentó de nuevo. *Nixa* volvió a adquirir la forma de monstruo con muchos ojos y babas que le caían por la piel. Uno de sus tentáculos rodeó a Tom por la cintura mientras que otro sujetaba el fragmento plateado lejos del alcance del muchacho.

Tom luchó contra la garra feroz de *Nixa* y consiguió agacharse y arañar con su espada el suelo rocoso de la cueva.

Nixa abrió sus tentáculos y lanzó a Tom contra la pared de la cueva. Tom cayó al suelo. Tenía la vista borrosa y se había quedado sin aliento. Cuando consiguió levantarse, vio a Elena con el arco en alto, disparando una flecha tras otra hacia el baboso cuerpo de *Nixa*.

La Fiera Fantasma gritaba de rabia mientras agarraba las flechas y las apartaba a un lado. El zumbido que oía Tom se hizo más fuerte y un dolor agudo le atravesó la cabeza. *Nixa* avanzaba por la cueva ¡directa hacia Elena!

«¡No!» Tom se puso de pie, tiró el escudo y saltó hacia *Nixa*. Sabía que tenía que hacer ruido con la espada para destruirla antes de que la magia desapareciera por completo. Se agarró a uno de sus tentáculos, le clavó los dedos en su superficie resbaladiza y la hizo volverse para que estuviera de cara a él. Al mismo tiempo, arañó con su espada la estalagmita más cercana, lo suficiente para que el ruido la aterrorizara.

Nixa soltó un grito de furia. El sonido de su voz le hacía tanto daño a Tom que éste se vio obligado a soltar el tentáculo y a tirar la espada para taparse los oídos con las manos. Notaba como si le estuvieran clavando dagas en el cerebro.

Elena se había caído de rodillas. Ella

también intentaba acallar el ruido y se llevaba los brazos a la cabeza. Intercambió una agonizante mirada con Tom.

En medio del dolor, éste volvió a coger su espada y a arrastrarla una vez más por el suelo de la cueva. El grito de la Fiera Fantasma se detuvo abruptamente. Su cuerpo monstruoso empezó a hinchar-

se y, de pronto, explotó lanzando una ducha de babas que despedía un olor nauseabundo y que salpicó todas las paredes de la cueva.

El fragmento del amuleto cayó al suelo. Tom corrió hacia allí, lo cogió y lo levantó sobre su cabeza en señal de triunfo.

Elena sonrió aliviada.

—¡Lo conseguiste! ¡Ya tienes el primer trozo! —exclamó—. ¡Has estado increíble!

Tom se rió. Le gustaba volver a oír la voz de su amiga.

—¡Lo conseguimos los dos! —dijo.

Tom envainó su espada y frotó el trozo del amuleto con la túnica para limpiar las babas de *Nixa*. Brillaba y reflejaba la débil luz que tenían por encima de sus cabezas.

Mientras tanto, Elena recogió por la cueva las flechas que le había disparado a *Nixa*.

—¡Están llenas de babas! —dijo—. ¡Esa Fiera era asquerosa!

Mientras Tom la esperaba, se dio cuenta de que detrás de él brillaba una luz azulada. Se dio la vuelta y vio a su padre sonriéndole.

—Habéis hecho un gran trabajo los dos —dijo Taladón—. Tom, estoy muy orgulloso de ti.

Tom le mostró el trozo de amuleto.

—Mira, padre, tengo la primera pieza.

Taladón asintió.

—Ya veo. Siento que ya empiezo a recuperar las fuerzas. Estoy convencido de que no seré un fantasma para siempre porque tú me vas a ayudar.

El muchacho veía que el cuerpo de su padre tenía un aspecto más fuerte, como si estuviera recuperando la vida.

Se sentía muy orgulloso, pero al mismo tiempo notaba una sensación extraña que lo acariciaba con sus dedos helados.

«Me siento débil —pensó—. ¿Qué me pasa?»

Elena, con un montón de flechas en la mano, fue corriendo hacia donde estaban Tom y su padre.

—¿Qué hacemos ahora? —preguntó.

—Debéis encontrar el siguiente trozo del amuleto —les dijo Taladón. Su figura fantasmal ya empezaba a desaparecer—. Lo guarda *Equinus*, el espíritu del caballo.

—¡No te fallaremos! —gritó Tom mientras su padre se desvanecía.

Con Elena a su lado, se metió por el túnel hacia la boca de la cueva. Esta vez avanzaron rápidamente en la oscuridad hasta ver la luz gris de la Tierra Prohibida, que brillaba débilmente por delante de ellos.

Tom invocó su poder mágico para saltar más alto, deseando ver a *Plata* y a *Tormenta*. Pero al saltar perdió el equilibrio y cayó de rodillas contra la pared de la cueva.

—¿Estás bien? —preguntó Elena preocupada—. ¿Tom? ¿Qué te ha pasado?

El chico movió la cabeza. Durante un momento se había quedado sin aire.

—Estoy bien —jadeó—. Es sólo que he saltado mal.

«Pero sigo sintiéndome muy débil —pensó para sus adentros—. Algo no anda bien...»

Intentó quitarse las preocupaciones de la cabeza, pero no podía dejar de preguntarse por qué no había conseguido reunir fuerzas para saltar.

Salió del túnel. No era momento de preocuparse. Ahora debían salir a la Tie-

rra Prohibida y buscar a *Equinus*, el espíritu del caballo, dondequiera que estuviera.

«Pase lo que pase —se dijo Tom a sí mismo—, pienso hacer que mi padre recupere su forma humana.» Los esperaba una nueva Búsqueda.

¡Aquí tienes un pequeño avance de la emocionante próxima aventura!

EQUINUS
EL ESPÍRITU DEL CABALLO

Sólo Tom podrá vencer a las Fieras Fantasma y salvar a su padre...

PRÓLOGO

—¡Te toca a ti ponerme un reto! —le dijo Jak a su amigo Flint.

Los niños estaban jugando a las afueras de su pueblo. El sol casi se había puesto sobre Errinel y grandes sombras se extendían por la tierra. El cielo tenía un intenso color morado y, precisamente, la oscuridad hacía que su juego resultara más emocionante.

Flint miró a su alrededor y Jak notó que le brillaban los ojos mientras señalaba unos árboles que había en un campo cercano.

—Te reto a robar una manzana de la huerta del granjero Grindall —dijo Flint.

—¡Eso está hecho! —Jak saltó por encima de la valla de madera, se metió en la huerta y trepó al manzano más alto. Le demostraría a Flint que no tenía miedo, aunque seguro que el viejo gruñón Grindall lo perseguiría con un palo en cuanto lo viera.

Desde la rama más alta, tenía una buena vista del camino que salía del pueblo y se extendía por los límites del reino del rey Hugo. La frontera estaba marcada por una alta muralla con una gran puerta de hierro. A pesar de estar tan alto, no podía ver lo que había detrás.

Más allá de la muralla se encontraba la Tierra Prohibida. Jak sabía que nadie entraba allí. La gente del pueblo ni siquiera hablaba de aquel lugar. Pero al mirar el siniestro muro se le ocurrió una idea para el mayor reto del mundo.

Cogió una manzana, bajó del árbol y volvió a saltar la valla.

—Esta vez has ganado —admitió Flint mientras Jak le tiraba la manzana.

—Ahora te toca a ti —dijo Jak—. El reto que te voy a poner da tanto miedo que seguro que no te atreves.

—¡Yo no le tengo miedo a nada! —replicó Flint con confianza.

—¡Te reto a que entres en la Tierra Prohibida! —le propuso Jak. Se cruzó de brazos esperando que su amigo admitiera la derrota. «Tengo que pensar qué le voy a pedir a cambio por no hacerlo», pensó.

Pero Flint no dijo ni una palabra. Avanzó a grandes pasos por el camino en dirección a la puerta de la muralla.

Jak corrió detrás de él con el corazón latiéndole con fuerza.

—No tienes que hacerlo —dijo—. Era una broma.

—Yo nunca digo que no a un reto —contestó Flint mientras ponía la mano en la puerta de hierro y empezaba a trepar.

—Entonces voy contigo. —La puerta estaba oxidada y no parecía que fuera a resistir el peso de Jak, que seguía trepando. Pero no podía dejar que su amigo fuera solo.

Los niños pronto se encontraron en el otro lado de la puerta, observando impresionados el panorama que tenían delante. La Tierra Prohibida era gris hasta donde se perdía la vista. El suelo estaba cubierto de una gruesa capa de polvo y los únicos árboles que había estaban retorcidos y ennegrecidos.

—¡Es horrible! —exclamó Flint.

—Todo parece estar muerto —murmuró Jak.

Avanzaron por el suelo de la Tierra Prohibida y se alejaron lentamente de la puerta. Sus botas iban dejando huellas en la tierra, que parecía hecha de cenizas. Jak vio que su amigo estaba temblando.

—Ya hemos superado el reto —dijo Flint. Su voz sonaba extraña y apagada en aquel lugar tan siniestro. La puerta de pronto parecía estar muy lejos—. Vamos a volver.

Jak asintió, pero en ese momento vio algo en el horizonte.

—¿Qué es eso?

Flint siguió su mirada.

—Parece una nube de polvo. —De repente, puso cara de preocupación y miró hacia abajo—. ¿Sientes cómo se mueve la tierra?

Jak lo notó. La tierra gris temblaba bajo sus pies, y las vibraciones le subían por las piernas.

—Algo se acerca —susurró. Los niños se quedaron inmóviles a medida que la nube de polvo se acercaba y las vibraciones de la tierra se hacían más fuertes.

—¡Es un caballo! —exclamó Flint mirando a lo lejos—. Y es muy grande.

Jak miró. Su amigo tenía razón. Veía el brillo de los cascos y llegó a la conclusión de que eso era lo que causaba los temblores. Distinguió la figura de un hombre encima de la montura.

—Me pregunto quién será el jinete —dijo a medida que se acercaba el caballo—. No, espera...

Horrorizado, vio que el cuerpo del hombre estaba unido al del caballo. Era una especie de Fiera, mitad hombre, mitad caballo. Pero las Fieras no existían, ¿o sí? Eran historias inventadas por los ciudadanos de Avantia, y Jak se las contaba a su hermano cuando lo quería asustar.

De pronto, la Fiera se hizo transparente y Jak se quedó boquiabierto del horror.

—Veo a través de él —exclamó Flint y tragó saliva nerviosamente—. Es un fantasma. ¡Y viene directo hacia nosotros!

Jak y Flint salieron corriendo hacia la puerta, levantando el polvo gris con los pies. La Fiera estaba más cerca, pero los niños corrían muy rápido. «Lo vamos a conseguir», pensó Jak aliviado. Sin embargo, cuando llegaron a la muralla, Flint se tropezó y cayó en el polvo.

Jak lo ayudó rápidamente a incorporarse, pero por encima de sus cabezas oyeron un rugido diabólico. Los niños miraron hacia arriba. La Fiera, que volvía a ser opaca, estaba encima de ellos y se alzaba sobre sus patas traseras, lista para aplastarlos. Jak miró horrorizado al monstruo y vio que en su cara esquelética se dibujaba una cruel expresión de alegría y placer.

Los niños estaban paralizados de miedo y gritaban mientras la espantosa Fiera se lanzaba hacia ellos. Jak sintió una brisa helada sobre todo su cuerpo y se quedó sin respiración al darse cuenta de que la Fiera se había vuelto a convertir en un fantasma y de alguna manera lo había atravesado. A Jak le caían lágrimas por la cara mientras notaba que algo tiraba de él. Se obligó a mirar a Flint. Su amigo estaba pálido e inexpresivo.

Con este último pensamiento, Jak sabía que algo les había pasado. Las Fieras sí que existían finalmente. Y aunque no los había matado aplastándolos, su suerte había sido mucho peor. La Fiera les había quitado la energía de su vida.

Sigue esta Búsqueda
hasta el final en el libro
EQUINUS, EL ESPÍRITU DEL CABALLO

Enfréntate a las Fieras.
Vence a la Magia.

www.buscafieras.es

¡Entra en la web de *Buscafieras*!

Encontrarás información sobre cada uno de los libros, promociones, animación y las últimas novedades sobre esta colección.

Fíjate bien en los cromos coleccionables que regalamos en cada entrega. Cada uno de ellos tiene un código secreto en el reverso que te permitirá tener acceso a contenidos exclusivos dentro de la página web de *Buscafieras*.

¿Ya tienes todos los cromos?
¡Atrévete a coleccionarlos todos!

¡Consigue la camiseta exclusiva de BUSCAFIERAS!

Sólo tienes que rellenar **4 formularios** como los que encontrarás al pie de esta página de **4 títulos distintos** de la colección Buscafieras. Envíanoslo a EDITORIAL PLANETA, S. A. Área Infantil y Juvenil, Departamento de Márketing (BUSCAFIERAS), Avda. Diagonal, 662-664, 6.ª planta, 08034 Barcelona

Promoción válida para las 1.000 primeras cartas recibidas.

Nombre del niño/niña: ....

Dirección: ....

Población: .... Código postal: ....

Teléfono: .... E-mail: ....

Nombre del padre/madre/tutor: ....

☐ Autorizo a mi hijo/hija a participar en esta promoción.

☐ Autorizo a Editorial Planeta, S. A. a enviar información sobre sus libros y/o promociones.

Firma del padre/madre/tutor:

BUSCAFIERAS Nº 19 PRUEBA DE COMPRA

Los datos que nos proporciones serán incorporados a nuestros ficheros con el fin de poder ofrecerte información sobre nuestras publicaciones y ofertas comerciales. Tanto tú como tus padres podéis acceder a los datos, cancelarlos o rectificarlos en caso de ser erróneos, dirigiéndoos por carta a EDITORIAL PLANETA, S. A. Área Infantil y Juvenil, Departamento de Marketing, Avda. Diagonal, 662-664, 6.ª planta, 08034 Barcelona.